Todos a bordo

Los trenes de mercancías

por Jenna Lee Gleisner

Bullfrog en español

Ideas para padres y maestros

Bullfrog Books permite a los niños practicar la lectura de textos informativos desde el nivel principiante. Las repeticiones, palabras conocidas y descripciones en las imágenes ayudan a los lectores principiantes.

Antes de leer

- Hablen acerca de las fotografías. ¿Qué representan para ellos?
- Consulten juntos el glosario de las fotografías. Lean las palabras y hablen de ellas.

Durante la lectura

- Hojeen el libro y observen las fotografías. Deje que el niño haga preguntas. Muestre las descripciones en las imágenes.
- Léale el libro al niño o deje que él o ella lo lea independientemente.

Después de leer

- Anime al niño para que piense más. Pregúntele: ¿Has visto alguna vez un tren de mercancías? ¿Pudiste ver lo que transportaba?

Bullfrog Books are published by Jump!
5357 Penn Avenue South
Minneapolis, MN 55419
www.jumplibrary.com

Library of Congress Cataloging-in-Publication Data

Names: Gleisner, Jenna Lee, author.
Title: Los trenes de mercancías / por Jenna Lee Gleisner.
Other titles: Freight trains. Spanish
Description: Minneapolis, MN: Jump!, Inc., 2020.
Series: Todos a bordo | Includes index.
Audience: Ages 5–8 | Audience: Grades K–1
Identifiers: LCCN 2019027984 (print)
LCCN 2019027985 (ebook)
ISBN 9781645272526 (hardcover)
ISBN 9781645272533 (ebook)
Subjects: LCSH: Railroad trains—Juvenile literature.
Classification: LCC TF580 .G5418 2020 (print)
LCC TF580 (ebook) | DDC 385/.24—dc23

Editor: Jenna Trnka
Designer: Molly Ballanger
Translator: Annette Granat

Photo Credits: gk-6mt/iStock, cover; John Kirk/iStock, 1; ch123/Shutterstock, 3; BeyondImages/iStock, 4; Jurik Peter/Shutterstock, 5, 23tl; Bloomberg/Getty, 6–7, 23tm; i viewfinder/Shutterstock, 8–9, 23bm; Thomas Vieth/Dreamstime, 10–11; Dziobek/Shutterstock, 12; traveler1116/iStock, 12–13; s_oleg/Shutterstock, 14, 16–17; ghornephoto/iStock, 15; emrahkarakoc/iStock, 18, 23br; Bill Cobb/SuperStock, 19; Valentin Martynov/Shutterstock, 20–21; John Brueske/Shutterstock, 22; Nataly Studio/Shutterstock, 23tr; ifong/Shutterstock, 23bl; Ben Jeayes/Shutterstock, 24.

Printed in the United States of America at Corporate Graphics in North Mankato, Minnesota.

Tabla de contenido

Transportando productos

¡Veamos trenes de mercancías!

Estos trenes transportan productos.

Los llevan de un lugar a otro.

¡Excelente!

Un conductor está a cargo.

Esta persona maneja el tren.

conductor
UPY
447
UNION PACIFIC

Hay una locomotora al frente.

Esta da la potencia.

Jala los vagones.

vagón
locomotora

BNSF
BNSF

Este tren tiene cuatro locomotoras.

¡Estas jalan muchos vagones!

Estos vagones tienen los extremos superiores abiertos.

Están llenos.

Ellos transportan carbón.

Estos vagones transportan granos.

Se vierten desde el extremo superior.

Luego se cubren.

vagón
tanque

Los vagones tanque transportan líquidos.

Los trenes de mercancías corren sobre vías.

Recorren todo el país.

También corren en ciudades.

RAILROAD CROSSING
UNION PACIFIC
BUILDING AMERICA

¿Has visto un tren de mercancías?

¿Dónde lo viste?

Tipos de vagones de los trenes de mercancías

Hay muchos tipos de vagones de trenes de mercancías. ¿Has visto alguno de estos?

vagón tolva descubierto

vagón de carga

vagón tolva cubierto

vagón de plataforma

vagón tanque

vagón góndola

Glosario de las fotografías

cargamento
Productos, como madera, granos o carbón, que son transportados.

conductor
La persona a cargo de un tren, su tripulación y cargamento.

granos
Las semillas o los frutos de plantas comestibles.

líquidos
Sustancias que fluyen y pueden ser vertidas.

locomotora
Un motor usado para empujar o halar vagones de ferrocarril.

vías
Rieles por donde medios de transporte, como los trenes, pueden correr.

Índice

Para aprender más

Aprender más es tan fácil como 1, 2, 3.

1. Visite www.factsurfer.com
2. Escriba "lostrenesdemercancías" en la caja de búsqueda.
3. Haga clic en el botón "Surf" para obtener una lista de sitios web.